내 발의
등불을 따라서

내 발의
등불을 따라서

이 정 시집

생각나눔

시인의 말

비로소 걸음을 멈추고
드리워진 긴 그림자를 본다
멈춤, 머묾, 그리고 천천히 다시 걷기
다만 이전의 걸음과는 사뭇 다른

쳇바퀴를 탄 듯 멈출 수 없던 삶이
다른 일상으로 바뀌는 요즈음
새로운 주파수를 찾아서
한 걸음 내딛는다

2022년 여름 매지리에서
이 정

차 례

제1부 주파수를 찾아서

제2부 　불씨를 살리며

제3부 근원적 기쁨을 지키며

제4부　**다시 걷기**

1부

주파수를 찾아서

겨울 이야기

두 무릎 감싸 안고
오롯이 불 앞에 앉으면
지나간 겨울들이
불꽃 속에 살아나네

어느 겨울 그리도 추웠던 날
술 취한 아버지가 밤새도록
헤매 다닌 이야기
동네 할머니 모인 방에서
속살거려 들려왔네

그때부터
글로 쓰고 싶었지
이제 한 잎 꺼내었다
그 시린 이야기들

먼지

방에 함께 살고 있어
환경 교육장에서 따라온 페트병과 식물들
아주 멀리 갈 거라는 편지를 남기고 떠난 친구의 자취
마당에서 따라 들어온 달과 별과 유성 조각
꿈속 바다에서 고래가 내뿜은 물방울이 튀어 왔어
모차르트의 음률을 따라 '라우다떼도미눔'이 가득 차고
먼지들은
따로 또 함께 뭉쳐 돌아다니네
우주가, 세월이 내려앉았어

쓸고 쓸어도 닦고 닦아도 또다시 내려앉아
바람이라도 불어치면 왔던 데로 돌아갈까
내가 떠나면 함께 떠날까
먼지로 만들어진 나

짝

고슴도치와 밤송이가 사랑하면
무슨 일이 생길까
찌르고 찔린 상처엔
철철
붉은 장미가 솟아날까

틈

빛살 하나 드나들 만한 실금으로 시작하지
더 이상 벌어지지 않게 하는 데는
여러 가지 재료와 방법이 필요해

미처 막지 않으면 점점 커지는 건 알지만
그냥 두기도 해
무슨 일이 생길지 모르니까

가끔은 틈새에서 피어오르지
틈을 넓히는 것이 취미인 소문이라는 것
무작정 넓어지게 만들고선 발을 빼버려
그래도 살아서 움직일 테니

틈이 꼭 나쁜 것만은 아니야
좋은 것들이 드나들 수도 있어
이를테면 산소나 정나미 같은 것 말이지
그럴 때 틈은 공간이 아니라 분위기야
각자의 태도를 간직한 표정이지

틈은 소통이지만 간극이기도 하기에
내키지 않음에 내어 주는 것 또한
어려운 일이야

확실한 건
틈은
언제나
어디에나
생기고 있다는 거지

매지 호수의 사계 四季

호수를 덮고 꿈쩍 않던 얼음에
송곳으로 찌른 듯 균열이 생기면
한바탕 소란이 시작되고
벌어진 얼음 사이로 윤슬이 살랑일 때
지난겨울 아픔들 떨어져 발목까지 쌓인 낙엽 위로
개나리 진달래가 팔을 뻗는다

원앙새 부부가 호수를 산책하고
주변 소로에 분홍 꽃비 내리면
메마른 가지에 남아있던 어두운 옷들 다 떨쳐 내리고
연녹색 새잎이 촉을 내밀며
신록의 계절 드리울 준비가 시작되지

멋쟁이 메타세쿼이아가
살랑바람 달고 하늘 높이 올라가면
나도 따라 올라가고
호수 표면에 드리워진 짙푸른 그림자
그늘이 고마워지는 계절

한더위에 지친 은행나무 이파리
노란 옷으로 갈아입기 시작하고
주변이 온통 알록달록 물들어 갈 즈음이면
관광버스 내린 사람들
은행 열매 피하려 깨금발로 걷는다

나뭇잎 하나둘 떨어지면 스산한 거북섬
앉을 자리 없어진 새들은 돌아오지 않고
하얀 배설물들이 눈 속에 묻혀갈 때
호수는 다시
얼음 이불 덮는다

귀퉁이

크거나 작거나 멀쩡할 날 없이
다리에, 팔에 멍을 새겨 넣는 귀퉁이들
아프니까 피하지만 어디에나 있어
꼭 필요하기도 하지
찍히면서, 피하면서
그리 사는 거지 뭐

숲길

오솔길 들어서면 새들의 합창
색색깔 반짝이 옷 입고
떨어질까 조마조마 매달린 구슬들
풀잎 위 무용수 되어 톡톡 또르르 춤을 춘다

스치는 소슬바람 상념을 실어 가고
솔잎 바람 반주가 귀를 깨우면
주어진 일들을
소환해 본다

이 일은 여기서 이렇게
저 일은 저기서 저렇게
그 일은 설렁설렁 지나가야지
마음 무거워지는 일은 나누어
반만 할 거야

모든 힘듦이 가벼이 여겨지는 시간
숲길에서 피어나네

수繡놓는 남자

가로세로 딱 반으로 가로질러야 한다
아무 뜻도 모양도 없는 격자 표시를
모아야 해

얽혀 있는 격자 사이로
숨을 쉰다
숲을 이루고 나무도 마을도 세운다

흰 파도 있는 밤바다를 지어야지
검은 하늘엔 보석 별을 달고
노란 빛줄기 내뿜는 등대도 세우자

물 한 모금 먹고 수 한 땀 놓고
숨 한 번씩 쉬면 서른 날이 걸릴 테니
나머지는 수가 채워 줄 거야

아득히 먼 곳으로부터 시작된
누군가의 손끝에서 바늘로 이어지고 있는
십자수

골목 깊숙이 막다른 상점
천천히 돌아가는 선풍기 곁에서
남자는 여전히 오색 실타래를 감는다

벽

텃밭 귀퉁이 테이블에 앉아있노라면
북풍이 몸을 휘감는다
바람막이를 칠까

바이러스가 온 사방 날리는데
마스크만으로 막아낼 수 있을까
방패가 필요해

남편과 사이에 벽이 생겼노라고
울어대는 친구
그 벽은 또 어찌 허물어야 하누

나를 놀라게 했던 영화
게르* 안에서 자던 각각의 연인들이
돌아누우면 다른 이성과 함께하던 장면
보이는 것이 전부는 아닐 텐데
그들의 벽은 무엇일까

---

* 게르: 나무로 뼈대를 만들고 그 위에 짐승의 털로 만든 천을 덮어 만
든 몽골의 전통 가옥

창고 바닥에 날개 펴고 떨어져 있는 새 한 마리
열려있는 창틈으로 들어와
벽에 부딪쳤을 터
너의 나라에는 벽이 없었나 보다

어떻게 배워갈까
만들고 부수고 피하는 법

소행성

여기는
네 개의 마을만 있는 작은 별나라

결혼하지 않고 연애만 하는 마을
결혼해서 3년씩만 사는 마을
반드시 20년은 함께 살아야 하는
자녀를 갖기 원하는 사람들의 마을과
영원히 함께 살기 원하는 이들의 마을이 있다

단, 어느 마을에서든
약속을 저버리는 자들은 우주로 추방되어
영원히 혼자 살아야 한다
이 별에서 살게 된다면
나는…?

계절의 상흔傷痕

봄은 볼 것이 많아 봄이라는데
팽목이 보이는 사월은 슬프다
광주가 있는 오월도 그렇고
두 분 삼촌 앗아간 유월도 그렇다

빛나는 계절 여름에
새로운 아픔이 시작되어
온 가을과 겨울에 생채기를 내며 지냈다
다시 돌아오고야 말 그 계절들
그래도 또 맞아내야 한다

다른 모습으로

눈물 소리

노랑 주전자 물 반 채우고
고구마 주머니 흔들며 엄마 따라나선 날
산등성이 콩밭이랑 이리저리 넘나드는 사이
해는 이미 중천에 걸려 밭둑에 앉았다

고구마 하나 다 먹기 전 급히 밀려오는 먹구름
어두워진 산길에 사정없이 후려치는 빗줄기
구르듯 내리 달려 숨 가쁘게 들어선 집 마당엔
옹기종기 모여 있는 비 맞은 병아리들
치마폭에 소쿠리에 담아 토방에 옮기고
장작불 지펴 손으로 젖은 털 말리시던 엄마

마지막 남은 과수원 팔아 방랑길 떠난 아버지와
함께 돌아온 병아리들은
그날 이후
가랑잎처럼 스러졌다

새파래진 하늘을 멍하니 쳐다보던 아버지
연기 뒤에 숨겨진 엄마의 눈물 소리는
오늘도 철철
귀에 울린다

바닷가 단상斷狀

해 질 녘 바닷가엔 모두 모여 있습니다
손에 손 맞잡고 팔 둘러 어깨 걸고
하늘로 웃음 날리는 연인들

축구공 떠나보내고 고함치고 발 구르며
파도 따라가는 아이들
솜 가득 넣은 옷 입고 장화 신고
모래 위 굴러다니는 아가와 가족들
아가들이 뿌린 과자 위로 날아드는 갈매기 떼들과
구경하는 사람들이 모여 있습니다

불꽃놀이 막대 화살처럼 짊어진 아저씨와
유자차 파는 아주머니
긴 낚싯대에 미끼 드리우고 담배 연기 날리며
하염없이 수평선 바라보는 사람들

해 질 녘 바닷가엔
누군가 작별을 고 하려 손짓하고 있습니다

산기슭 주변에 둘러친 구름 조각들
모두 제 빛깔로만 옷 입게 하는
빨간 얼굴이 걸려있습니다

해 질 녘 바닷가엔 모두 모여 있어요
두런두런 연인들의 이야기 소리
정겨운 사람들끼리 해맑은 웃음소리
장사꾼의 고함 소리 모두 모아
때맞춰 밀려오는 파도가
훔쳐 가곤 합니다

멀리, 또 가까이에 있는
희망과 절망까지

마당이 좋아

어머니를 만나러 가면
들어서자마자 외출 준비를 하고
휠체어를 밀고 나온다

빛 한 조각을 찾아
병원 마당을 이리저리 헤맨다
지구가 그렇게나 빨리 돌아간다는 것
그것이 세월이지

모두가 알고 있어
한 조각의 빛이
한 움큼의 싱그러운 공기가
우리의 몸과 마음을 치유한다는 것을

오늘도
손바닥보다 조금 큰
마당을 헤맨다

마음 길

천 년이 뭐 그리 긴 세월인가
한 귀퉁이 여물기도 모자란 세월이지
저마다의 마음 길 따라 들어가면
억겁의 시간이 피어나는 걸
매 순간 지어지는 바람 궁전 나타나는 걸

발 들이고 기웃대면 어느새 들어가 있어
꺼내고 싶지 않은
돌덩이 매달아둔 보따리들
길이 없어서 찾으러 갈 수 없는 곳
천 년이 천 번 가도록 묻혀 있을 거야

어둠의 한 켠

어느 사이 들어와서
구석에 비집고 자리 잡았다
마술 향로처럼 피어올라
온갖 상상의 색깔들이 덧입혀졌다
모양이 수시로 변하고
함빡 덮어씌워
볼 수 없는 곳으로 끌고 간다

나가야 한다
벗어나야 한다
저기 밝은 자리로 가야 해
가위눌린 꿈처럼 움직일 수가 없어

소리들이 귓가에 울려
잠자지 않고 먹지 않고
새벽길을 걸어보고 하얀 수건도 써 보았다
손발을 휘저으면 어둠이 묽어질까
온 마음 다해 요동치는 사이
생겨난 틈 사이로 조금씩 사라져 간다

숨이 쉬어진다
불을 항상 켜 두어야지
다시 들어올 수 없도록
아직 남은 자락이 더 커지지 않도록
한구석 어둠 속에서 일어난 일

기별奇別

화분에 심어져서 온 옥잠화
친구 얼굴 닮은 하트 모양
어여쁜 이파리

주인 떠나고 남겨진 뒤
힘 잃은 잎들이 늘어지기에
땅에 옮겨 심었지

싹 틔우지 않은 그해 봄
부고를 받았다
함께 갔나 보다

마당을 돌고 돌아도
한끝 흔적을 찾을 수가 없었는데

이듬해 싱싱한 새싹들이
땅을 뚫고 올라오더니
한여름에 연보라색 종
꽃을 달았다

잘 지내고 있어

목소리 울려오네

노란 사월

산수유, 생강나무, 개나리 피어오르면
팽목의 노랑나비 함께 춤춘다
엄마, 아가야!
파도가 실어 나르는 목소리들

잠겨가던 얼굴들과 손
함께 가지 못한 스승은 뭍에서 따라가고
기둥 움켜잡고 놓지 않는 소녀에게
엄마한테 가야지 잠수사가 속삭인다

파도 소리에 엉켜지는 멍울들
4월이 여덟 번 돌아와도 아무것도 하지 못하고
미안해, 기억할게, 잊지 않을게
힘없는 말만 되뇌는 우리들 마음 소리

2부

불씨를 살리며

말

감아놓은 실타래처럼 술술 풀어져 나오는
아름다운 말들을 들었습니다
잊어버렸습니다
그 빛나던 말이 도무지 생각나지 않습니다

반백 년 너머 따라다닌 말들이
칭칭 감겨있습니다
내놓으라고, 뭉쳐 놓았던 것들 풀어놓으라고
도망치고 싶지만 놓아주지 않습니다

내놓으려 하면 할수록
말들은 나를 점점 더 옥죄어 들어옵니다
어느 날 어느 때에 다 내어놓고
날아갈 수 있을까요

굴뚝새

뉘 집 굴뚝을 드나들었는지
검댕을 잔뜩 묻혔다
치장이라고는 부실한 허리끈 하나
짧은 꼬리 치켜들고 바지런 떨며
둥지 만드는 솜씨는 일품이라

천하 절창 지저귐으로 봄소식 전하고
옥구슬 소리로 산 능선 울려 짝 찾고는
또 다른 짝 찾아 떠나는 작은 새

한여름 숲 속에서 노닐다가
먹이 없어진 추운 날
마을에 하얀 연기 피어오르면
친구들과 함께 오던 새들

다시 돌아와 마을을 헤매지만
아궁이와 굴뚝이 없어
계절이 바뀌어도 돌아오지 않네

따뜻한 보금자리 사라졌으니 어쩌랴
너희가 떠나도 붙잡을 수가 없지
머물 자리를 잃은 새들은
추운 날들을 어디에서 보낼까

운동장 정경

긴 복도 끝에 나가 창문을 열면
이웃 초등학교가 내다보여
담장 안과 밖은 양쪽이 다 화단이어서
단풍나무며 철쭉이며 줄장미 개나리가
철 따라 만발하고
담장 아래는 늘 그늘인지라
한여름에도 얼굴을 내밀면
상큼한 공기 얼굴에 묻어오네

초등학교 운동장은 모두가 알록달록
노랑 파랑 유리창 틀
화단 가에 줄지어 앉은 빨강 초록 의자들
점심시간이나 체육 시간이면
축구 하는 아이, 철봉에 거꾸로 매달린 아이
양산 쓰고 앞장선 선생님 따라
하교하는 아이들
알록달록 옷 입은 아이들이
운동장에 굴러다니네

옥타브 높은 목소리 수증기처럼 떠올라

구름과 노닐고

네모난 창틀에 들어 있는 반짝이 나뭇잎들

불어오는 미풍에 흔들리는 그림은

나의 입꼬리를 당겨주어

마음 설레게 해

오지奧地 학교

크르렁 거리는 소리와 비명이 들려온다
참지 못하고 들어간 교실
오늘도 난장판이 벌어졌다

부모의 다툼으로
한날에 고아가 된 아이
밤늦게 택시 기사 옆에서 치마 걷어 올리다가
자주 파출소에 신고되는 아이
아프신 할머니를 돌보는 아이
고등학생 언니가 낳아 온 아기를 키워야 하는 아이
기초수급비를 받는 것이 꿈인 아이들이
덩어리로 엉겨 붙어 뒹군다

그래, 그래야 살겠다면
다 내놓아라

길가에 떨어진 동그란 눈알
그 누가 바빠서 흘리고 갔나

십수 년이 지나도
나를 웃게 만드는 시를 짓는 아이
어여쁜 장미를 청아한 목소리로
끝까지 부르는 자폐 아이
전교생 21명 각각
저마다의 사연 가진 아이들이 모여 있는
오지奧地 학교

생명

하나 더하기 하나는 둘
하나 더하기 하나가 셋
하나 더하기 하나가 넷이 되었는데도
아무도 틀렸다고 하지 않고
감동해요

엄마 반, 아빠 반 닮은 생명이
태어나요
희한하고 신기하지만
아무도 이상하다고 하지 않아요

백날 지나고 삼 년 지나니
그림책 펴두고 이야기 지어내 읽는 시늉에
어느 나라 말이냐 웃어대지만
여전히 벅차기만 하니
신비로운 일이에요

분리

수많은 추억과 시간을 공유하는 사이
스며든 틈새, 그리고 분리
인고의 시간을 보내야 하는 그 과정들
아픔의 덩어리로 돌아오는 병마
홀로서기
사랑을 찾기 위한 떠남
새로운 인연을 만나 치유도 얻지만
때로는 삶을 잃어버리기도 하지

한 몸이었던 존재들로부터의
갈라짐과 분리는
붙여 놓았던 종이를 떼어 내는 것
전신에 새겨지는 찢김
매 순간 부딪쳐오는 새로운 삶
망각과 둔해짐으로 덜어질 수는 있겠지만
새겨진 주홍 글씨는 지워지지 않을 터
세월은 오색의 상처들을 모아
지친 삶의 그림을 그려나간다

질경이

딸과 함께 있다는 새터민께
조심스러운 질문
남편은요?
죽었어요
풀떼죽만 먹다가 그것도 없어서
굶어 죽었어요
조용해진 공간에 울리는 말
멀건 풀떼죽만 먹으면 남자가 먼저 죽어요
그래도 살겠다고 나대면 일주일은 더 살아요

중국으로 가는 두만강
못이 튀어나온 그물엔
뼈다귀가 잔뜩 걸려있다는
그 말 들은 날 꿈에
뼈들이 다 일어나서
너울너울 춤추며 강 건너더라

여러 해 돈 벌어
두고 온 딸 데려왔더니

버리고 떠난 엄마 미워
쳐다보지 않는 딸

미사일 뻥뻥 쏴대는 그쪽 하늘은 보기도 싫어
그래도
갈 수 있게 되면 맨 먼저 갈 거라는
질긴 생명 질경이 풀
이웃 이야기

까만 집

골목 끄트머리 고욤나무집 아주메
하루 종일 중얼거린다고 어른들은 삽사리네
아이들은 찹살아주메라 불렀어

초가지붕도 기둥도, 방문도 부엌문도
아궁이도 툇마루도 댓돌에 놓인 고무신
옷과 얼굴까지 불탄 집 마냥 새까맸지
늘 마루에 앉아있는 다리 아픈 아들 얼굴만
보름달처럼 둥글고 희었어

집 앞 공터는 아이들의 놀이터
어른들끼리 속삭이는 말 아이들에게 들리고
짓궂은 녀석들 장독대에 돌 던지고 사정없이 내빼면
그 뒤로 들려오던 고함 소리
우리들 다리 후들후들 떨렸지

어쩌다 그 집 앞을 지날 때마다
누가 따라오는 듯 뒷덜미 잡히곤 하던 목소리는

어느 날부터 들리지 않았고
동네엔 소문만 무성

오늘 문득
하얀 저고리 하얀 얼굴로 하얀 아들 안고 있는
아주메를 본다
기억 속에 남아있는 애련한 그림 한 조각
미안함 안타까움 저며 내리네

독백

등에 진 한 보따리 짐
어디에 쏟아야 하나
문틈으로 스며들던 검은 기운
알 수 없는 불안과 설렘
형용할 수 없는 그 안에 거하기를 거부했다

같은 말 이백 번
전화기 안의 이름에
다 날려 보내고 난 후
남은 것은 깨진 사금파리 유리구슬
쓸만한 것이라곤 보이지 않아

갈채를 받지 못해도 빛나지 않아도
남아있는 조각들 맞춰나가야 하리
낯설 것 없는 얼굴들 들여다보고
눈동자 속에서 찾아내야 하리

먼 길

구십여 년 머무시던 이 땅이
그리도 미련이 없으셨는지
그리도 돌아보고 싶은 것이 없으셨는지
아무에게도 작별의 말 없이 그리 가셨다

조가비처럼 입 다물어 곡기 끊으시고
우리 함께 잡고 있던 끈 놓아 드렸을 때
고요히 가셨다

사랑하는 것 많아 떠나기 아쉬웠겠지만
이때가 그때라 눈 한번 뜨지 않으시고
가셨다

그 길 가면 만날 수 있으리라
오늘도 함박 미소 엄마 얼굴 떠올린다

세 번째 시작

영아는 그리도 어여뻤다
봄 구름 스민 볼
바닥까지 들여다보이는 큰 눈
이마에 늘어진 곱슬머리
곱게 자라 한 남자를 만났다

마른 몸 큰 키에 빵모자 비뚜름히 쓴 그는
노래하고 춤추고 그림 그리고 시도 썼다
어느 것 하나 잡기만 하면 탄탄대로가 되리라
두 사람의 좋은 점을 꼭 반반 닮은
예쁜 딸도 얻었다

잘하는 것이 많던 그 남자는
하나도 더 잘하지 못하고
병이라는 식구만 하나 더 늘였지
어찌어찌 먼 길 보내주고
새 짝을 만났다

데려온 다섯 자식 키워내는 동안
사업은 승승장구 커졌는데
세월 지나 다 큰 아들과 딸
새엄마 몫 줘서 내보내라고 아버지를 조른다
손주들 앞세워 날마다 조른다

만나는 것보다 헤어지기는 언제나 더 어려움
같이 살고 싶다는 막내딸 울며 보채지만
다시 시작해야 한다
세 번째 홀로

마음을 열어

밤새도록 추적추적 내리는 비
새벽이 칠흑같이 어둡다
매일 걷는 호숫길
평소보다 이른 탓인지 비 때문인지
건넛마을 불빛만 영롱하다

자동차의 라이트를 켜는 순간
불길 따라 호수의 물결이 반짝인다
라이트를 끈다

어둠

여명이 다가오면
세상은 모습 드러 내지만
볼 수 없는 것들이 더 많이 존재함

마음의 빛으로만 볼 수 있는 것들
진부한 그 단어들이

어둠 속에서 마주 오는

텅 빈 삶을 응시한다

칠자화

겨울을 잘 보낸 나무 한 그루
기특하여 그냥 두었더니
꽃피우고 나서는 스멀스멀 말라간다

여름에 작고 하얀 꽃을
게딱지 콩딱지처럼 다닥다닥 피웠다가
어느새 설러덩 떨어뜨리고는
꽃받침을 붉게 물들여 가을을 난다

꽃도 아닌 것을 꽃인 양 떠받들고
머리 풀고 널뛰듯이 너울거리며
휘휘 바람에 흔들리는 가지엔
단내 맡고 스며든 벌레와
허연 진드기 거미줄을 뒤집어썼다

계절이 바뀌고
북풍은 떨어진 꽃잎들과
널려있던 이파리마저 쓸어갔다

모든 것 얼어붙는 이 계절이 지나면
하얀 백합이나 가득 심어야지

태기 할배

잘난 할배가 살았다
할배가 지나가면 동네 사람들은
흘끗흘끗 곁눈질로 쳐다봤다
젊은 날 할배는
잘난 할매와 결혼해서 아들을 낳았다

할배는 더 잘난 둘째 할매를 만나 새살림을 차렸고
잘났던 할매는 헌 할매가 되어
동네 누룽지를 얻어다가 닭을 키우며
아들을 또 낳았다

둘째 할매와 살던 할배는 셋째 할매를 또 만났는데
버림받은 둘째 할매는
시름시름 앓으며 동네를 돌아다니다가
어느 날 일어나지 못했다

첫 할매가 키우던 닭들은 잘 자랐고
아들도 또 낳아 넷이나 되었는데

할배는 젊은 할매를 만나 네 번째 살림을 또 차렸다
셋째 할매는 밤마다 아편과 함께 살다가
정신줄을 놓았다

일수놀이를 하던 넷째 할매는
온 동네 돈을 다 끌어모아 사라져 버렸고
병든 할배는 첫째 할매 집으로 돌아왔다

할배의 큰아들은 자신들을 돌보지 않은 아비를
원망하며 떠돌다가 아내를 잃고
평생 외다리로 살았고

결단코 할배와 아비를 닮지 않겠다던 태기는
꿈에, 썩은 그네에서 놀다가 떨어졌는데
그의 아내가 더 아파했단다

새들의 집

호수 가운데 자리한 섬
풍부한 먹이와 울창한 숲에
새들은 날아들고
갈수록 가족이 늘었다

배설물로 나무들은 하얗게 변하여
뿌리가 점점 드러나고
흙이 무너져 섬은 작아졌다

수많은 새들의 보금자리였으나
그들이 누린 만큼 섬은 피폐해져
둥지가 없어진 새들은 떠났고
봄이 되어도 돌아오지 않았다

터전을 함부로 쓴 대가를 치르고 있는
우리들과 흡사하지만
떠날 곳이 없는 우리는 어찌하랴

가뭄

나무들은 세수를 어디서 하나
하늘 우물에서 시원하게 물 내려주지
내려주지 않으면 어떻게 하지
하얀 껍질 보푸라기들 바람이 씻어주지
하얀 비 내리지

연못 바닥이 저렇게 생겼나
뻘 쓰레기 그리고 주름
물속에서 놀던 미루나무는 어디로 갔지
하늘 연못에 얼굴 묻었구나

마음이 타들어갈 땐 어떻게 하나
무엇으로 끌 수 있나 찾아다니지
바짝 마른 바닥엔 뭐가 남았나

ㅇㅗㅣ ㄹㅗㅇㅜㅁ

3부

근원적 기쁨을 지키며

내 안의 마을

이 마을에 있는 집들은
기도하고 노래하는 집
기쁨과 슬픔을
의심과 분노를
온갖 잡다함을 모아두는 집들이 있지요

그중 몇 채는 열어보지도 않고
몇 채는 없애야 한다고 벼르고 있지만
내용물 처리가 늦어져
어쩌지 못하고 있는 중

설계 중인 집은 봉사의 집이며
꼭 살고 싶은 집은 감동과 평화의 집

천국의 집을 짓고 싶지만
지었다가 허물기 일쑤
가장 귀한 집은
평생 지어야 할 듯합니다

초록들

산속에 사는 아이들은
초록 속에 살아서인지 온통 초록이다

장구채 딱딱 두드리며 득달하는 나에게
실눈을 뜨며 새파랗게 웃는다

흙이랑 물이랑 햇빛이 지천에 있는데
그것들만 있으면 잘만 자라는데
뭘 그러냐다

자갈밭 속에 살던 내게
저 초록 눈들이 낯선 것처럼
아직도 긴장감을 버리지 못하고 있는 모습이
낯선 게지

그래, 이제 왔으니 그 속에 녹아보자
신선하고 정다운 흙 내음 속에
마음을 묻어보자

알프스 오토메 사과

만발한 사과꽃 나무에
모여든 친구들
꽁지 위로 들고
꽃술에 머리 박고
열심히 꽃가루 먹는다

꽃들은 그래도 좋다고
한들한들
빈 꽃으로 떨어지지 않고
봉긋
새살이 오를 테니
이 정도야 즐거움이지

분홍 꽃 핀 나무

긴긴 뚝방길 막냇동생 업고
엄마 찾아가던 날
언덕 아래 비스듬히 서 있던
분홍 꽃 핀 나무
바람에 몸 맡겨 꽃잎 날리며 우릴 반겼어

많은 시간을 함께한 우리
엄마는 말씀하셨지
너하고 나하고는 참 특별한 인연이다
우리가 함께하면 맛없는 음식들도 잔칫상으로
지루한 길도 축제의 길로 만들 수 있었어

먼 길 떠나신 지금
분홍 꽃 흐드러졌던 그 날이 생각나
언덕 비탈에 서 있던 나무는
오늘도 꽃피우고 있네

동그란 지구 언덕에 서 있는 나

넘어지지 말라고

잘 견뎌내라고

은행나무

빼곡히 채워진 노란 단풍에
감탄사를 연발했던 은행나무
샛바람 맞은 하룻밤 사이
텅 빈 하늘이 되었다

문득 생각나는 이름들
인터넷 창에 두드려보니
같은 이름 다른 얼굴들
몇 페이지 뒤에 나타난 주인공
가족사진 안에 있다

함께 공부하였던 친구
제자들과 있는 모습
행복해 보임

찾을 수 없었던 한 이름은
많이 아팠지만 수혈을 거부하고 떠났다는 소식
얼굴엔 늘 함박웃음 안고 있었지

물끄러미 은행나무 바라보는 마음에
수많은 얼굴들 잎사귀에 새겨져
하나하나 피어나고 날아가네

그때

사노라면 문득
가슴에 이는 소용돌이를 만날 때가 있다

보라색 작은 꽃망울 앞에 섰을 때
영문도 모르는 채 울컥하여 눈시울이 젖는다
보첼리의 진주조개잡이를 들을 때
바그너의 탄호이저 서곡과
베토벤의 그 위대한 음악들 앞에서
아이의 까르르 웃음소리 앞에서
소용돌이는 일어난다

엔돌핀과 다이돌핀이 넘쳐날 그때
천사들을 만나
순간을 떠다닌다
영원이었으면 좋겠다

상고대

촉촉한 생기로 하늘 향했던 몸 위에
순간의 칼바람이 눈꽃을 피웠네
설국의 군대인가
백조의 군무인가
바람의 길 따라 날개가 퍼덕였다
빛남과 어둠 사이엔
어떤 잎이 피어나고
열매가 맺힐까

반반╪╪한 얼굴들

아기들의 말 트임이 느리다
모두 입을 가려서 배움이 늦다고 한다
허공에 떠도는 말들이 그렇게 싫었나
바이러스들이 막아 버렸다

귀를 닫게 했다면 알아들을 수도 없었을 텐데
입만 막았으니 대충 하라는 뜻이련만
반을 감추었음에 용감해지는 건지
대책 없이 뱉어내는 말들이
귓전에 난무한다

끝없는 말들의 축제가 두려운 것은
마스크의 시간이 더 길어질까 봐
경이로 가득한 세상을 건너뛰어야 하고
소중함으로 채워져야 할 시간들이
무료함으로 대체될까 봐

먼 대륙 큰 땅을 쓸어간 돌풍이
지구 곳곳을 보이지 않게 돌아다니며
바이러스들을 다 모아 사라졌으면
밝은 웃음들 다시 피워 봤으면

태풍 사라

사과와 배와 복숭아가 둥둥 떠내려갔다
뿌리째 뽑힌 나무도 떠내려갔고
꿀꿀 소리치는 돼지도 떠내려가고
밥 먹던 그릇도 떠내려갔다

추석날 아침
과수원에 남아있던 어머니와 아이들이
태풍을 맞이했다

어머니는 두 아이 안고 업고 과일 창고 위로 올라갔고
배고프다는 아이 위해 들고 간 냄비 뚜껑과 숟가락
휭 소리를 내며 날아갔다

과수원은 물에 잠겼고
어머니와 아이들은 물에 둥둥 떠서
읍내로 돌아왔다

할아버지 마음에 합당치 못했던 아버지는
명절에도 집을 비웠고

평생을 서로 미워하던 조부모
고운 며느리 들어와 손주들 생겼지만
할아버지 닮은 손주는 할머니 마음에 들지 않았다

아픔을 온몸으로 받아내던 어머니
그렇게나 서로 미워하던 사람들
휘몰아친 세월에 떠내려갔다
둥둥 다 떠내려갔다

날려 보내면

초콜릿처럼 버무려져 금박지에 포장된 것
마주하고 싶지 않은
펼쳐 보고 싶지 않은
지루하고 지긋지긋한
짓이겨 던져 버리고 싶은

지하수 관에 들러붙은 청태 진드기
온 사방에 덕지덕지 묻어있는 오물
하수구 물 받침 사이에 눌어붙은 뻘
녹슨 철관 사이에 끼었다가
어쩔 수 없이 떨어져 나오는 썩은 찌꺼기들

거품 세제와 수세미로 닦아볼까
햇살에 널면 바짝 마를까
압력 센 송풍기로 날려 보내면
티끌이 되어 우주로 흩어질까

알사탕

초등학교 일학년 소풍 가던 날
뚜껑 가방 등에 메고
탈랑탈랑 걸어가던 날
둘째 오래비
내 입에 넣어 준 사탕 한 알
오랜 세월 지난 지금도
입안에서 굴러다닌다

맴돌다

땅은 그대로인데 땅 밖으로 나갈 수가 없어
그 땅에 매여 있어
땅은 꽃피우고 바람맞고
공중의 햇빛과 물 마시고
뿌려주는 영양분 받으며
부족할 것 없어

다만 무거운 구두로 밟지 마
발자국이 너무 커
가벼운 구두로 걸어
내 정원은 고요하길 바라

구두를 바꿀 수가 없어
무거운 구두로 다져야 하거든
무거운 구두를 벗을 수도
해가 뜨겁지만 그늘로 갈 수도 없어
그 안에서만 움직일 수 있어
맴돌기만 해

연장으로 파 뒤집어 볼까
호미나 정이나 갈퀴나 보이는 대로 집어서
다 파 뒤집으면 떠나 질까
달에도 땅은 있을 텐데
너무 멀어

삶의 여백

그리움이란
어떤 대상을 좋아하거나 곁에 두고 싶어 하지만
그럴 수 없어서 애타는 마음이라면
나는
그리움이 없다
모든 좋아하는 것과 곁에 두고 싶은 것을
가장 가까이
내 마음에 함께 두기 때문이다

외로움이
혼자가 되어 적적하고 쓸쓸한 느낌이라면
나는 외로움도 없다
항상 혼자가 아닌
내 마음의 웅덩이에는
생수로 가득 차 있기 때문이다

세상 모든 사람들이 바라 마지않는
사랑이라는 단어를 즐겨 쓰지 않는다

함부로 쓸 수 없는 그 단어에 합당한
아름다운 일들이 있는가 하면
얼마나 많은 비루함과 기만들이
잇대어 나부끼고 있는가 말이다

그리움, 외로움, 사랑이란 단어를
쓰고 싶지 않은 내 삶의 여백은
무엇으로 채워질까

나비가 사는 곳

거긴 항상 나비가 있어
나비가 안내자래

한 개의 계단을 오를 때마다 울리는
웅장한 오케스트라와 합창 소리

내 손가락 끝에서
한 걸음씩 옮기는 발가락 끝에서
수국의 꽃잎이 흩어지는 곳

구름 위를 걸어 시내를 따라가면
오래전 떠난 그리운 이들을
만날 수 있는 곳
미소가 만발하는 곳

마음이 원하면
더 높은 곳으로 갈 수 있는 곳
내가 가고 싶은 그곳

두 어머니

고달픈 삶을 사신 어머니
구십년 되도록 삶의 끈을 놓지 않으심은
한시도 놓지 않고 붙잡고 있던 우리들 때문
함께 놓아드린 그 날
고요히 가셨지요

한 번도 뵙지 못한
꽃 속에서 웃고 계시던 어머니
고단한 삶을 이기지 못하시고
스스로 가신 그곳

영원히 행복하시기를
기도드립니다

청령포*의 기억

보송한 모래 아닌
비틀대며 걸어야 하는
돌밭 지나면

육육봉 암벽을 병풍인 양 둘러치고
주야로 돌며 지키는 서강을 앞에 보며
어가는 그렇게 홀연히 있더라

돌무더기 마음 쌓고 언덕에 올라
멀리 거기
또 한마음 마주 볼 때

말 없는 거송들은 허리 굽혀
적막과 황망함을 더하고
관음송 울음소리는 바람 타고 흘렀네

---

* 청령포: 단종 유배지

그 어리신 몸, 돌 하나에 누이시던 날
품었던 기운 천지를 뒤덮어
함께하던 꽃송이들 절벽을 물들였고

길지 않은 삶
다 풀어내지 못한 억장지성億丈之城의 한恨 모아
오늘도 강물은 소리치며 흐르네

4부

다시 걷기

예안 가는 길*

비 갠 산골길 돌아 마을 길 돌아들면
먼 골짜기엔 하얀 산안개 첩첩이 걸려있고
초록 빨강 지붕들이 속살거리고 있네

산 중턱 내려앉은 하늘엔
마른풀 내음 헤치고 고개 내민
개나리 진달래가 손 흔들고

산 고개 오가는 이 없는 찻집
진한 커피 향기가 나를 불러 세운다

인생길처럼 오르기 힘든 고갯길
이제 나날이 맞아 줄
새 친구들 만날 기쁨이 넘쳐오네

* 2006년 안동 산골학교로 가는 길에서

별이 가깝다기에

안반데기* 마을에 갔다
별나라에 보내고 싶은 짐 짊어지고 언덕 올랐더니
사닥다리도 없고 정류장도 없다

보랏빛 하늘이 춤을 춘다
바다와 구름이 그렇게나 가까운 줄 몰랐다
하늘과 땅만큼 먼 줄 알았는데
한 몸으로 겹쳐 있다

붉은 구름 너머 분사되는
무지개 빛줄기들 눈부셔
메고 있던 짐들 놓아 버렸다

연분홍 꿈속에 잠든 마을
늘어선 배추밭 서서히 깨어나면
부지런한 아낙들 연둣빛으로 물들고

---

* 안반데기: 강원도 강릉시 왕산면 해발 1,100m 고원이며 전국 최대
  규모의 고랭지 채소 단지

이마에, 미간에 서린 고단함

굴뚝 하얀 연기로 피워낼 때

남아 있던 내 짐들 함께 따라 오른다

모자

세상 모든 모자가 어울렸었다
세월이 다 훔쳐 갔는지
지금은 그렇지 않다

모자가 어울리지 않는다고
한사코 쓰지 않으려던 친구
어느 날부터 모자를 사들이기 시작했다
머리카락이 자꾸 바람과 외출한다며

마음 저린 시절 함께 했던 친구의
투병 소식
해맑은 얼굴에 잘 어울릴 모자를 보냈는데
그 모습 다시는 볼 수 없다

언제라도 마음 내면 만날 수 있음과
어디에도 없어서 볼 수 없음은
참 많이도 다른 것

보푸라기들

여러 가지로 뭉쳐 부유하는 상념들 비워보려
마당에 앉았더니
하얀 보푸라기들이 날아다닌다

벌레인지 풀씨인지 모를 반짝이들이
눈부신 허공을 가득 채우고
내 앞으로 쏟아져 온다

너희들은 뭐냐, 어디서 왔니

그렇게 날아다니다가
외로운 마음에 들어가
분탕질은 치지 말거라
엉뚱한 짓일랑 벌이지 말거라

예쁜 마음 필요한 곳에 내려앉아 위로를 주렴
혼자서 일어날 수 없는 마음이 있거든
다시 일어날 수 있게

싸락눈 날리던 언덕

빚잔치 끝낸 아버지는
어린 동생들과 엄마와 땅끝 섬으로 갔다
섬에 바람이 일면 아버지의 방랑벽도 일어나
한바탕 빚을 걷어 육지로 나갔고
엄마는 밤새워 떡을 빚었다

막내가 맨발로 울며 돌아온 날
엄마는 아이 손 잡아끌고
새로 사 준 운동화 찾으러
산꼭대기 교회로 갔다

가쁜 숨 몰아쉬며 오른 언덕 조그만 교회
파란 커튼이 쳐진 창문 너머로
흘러나오는 풍금 소리에
발길 멈추고 한참을 서 있었다

엄마는 힘든 일이 있을 때마다
싸락눈 날리던 그 언덕과
풍금 소리를 기억했다

몇 해 전 그 섬에 갔다
풍경은 여전히 아름다웠지만
풍금 소리는 들리지 않았다
더 아름다운 소리를 듣고 계실 거야

탕건 바위

마을에 전해오는 이야기 하나
사내아이 혼자 가면 돌아오지 못한다던
강가의 큰 바위

얼굴 하얗던 그 아이는
강물을 따라갔다

다만 하늘을 사모하여
가는 어디쯤 맞닿는 곳 있을까
바위에서 내려 강물을 따라갔다

만날 수 있다면 물어보고 싶다
가다가 만난 일들 어땠느냐고
다시 돌아올 생각은 없었느냐고

나사

제 몫을 해내려면
짝이 있어야 해
날카로운 끌로
서로의 몸에 주름이 새겨져야
임무수행을 할 수 있어
아픔을 거쳐야
더욱 단단해질 수 있거든

토지 문화관

백운산 조각구름 내려앉는 곳
선생의 마지막 시간을 보내신
매지리 토지문화관

고요한 소로 입구에
창작 공간 안내판이 있고
본관을 들어서면
동물들과 함께한
사진이 걸려있다

생전의 손때 묻은 소박한 유품들
닳아진 호미와 목장갑은 숙연함을 더해주고

양지바른 곳에 앉아 있는 장독대와
배부른 텃밭 고랑에 자라 있는 채소들
숙식하는 예인들 위하여 손수 관리하셨다니
손 짧은 나는 놀라울 뿐이다

낮추어도 낮추어도
죄가 많다고 하신 선생의 거처
여닫을 일 없는 문은 잠겨있지만
능동적 생명과 자연의 이치를 깨닫는데
작은 불씨, 씨앗이 되고자 한 그 정신 오롯이 남아
오늘 문향으로 스며 나네

해 질 무렵

기름 냄새 풍기는 네모 상자 타고
울퉁불퉁 시골길 흔들려 가면
어지럼, 울렁거림이 턱밑까지 차오른다

백지장 얼굴
정류장 수돗물에 헹구고
한참 걸어 닿은 마을 어귀
묶여있는 개들은 죽어라 짖어대고
텅 빈 마을 어둑어둑 해거름 내려오면
오리 둑길 돌아가야 하는 생각에
심장이 조여든다

처마 밑 평상 귀퉁이 오가는 사이
멀리서 들려오던 경운기 소리
등록금이 될 도지세를 가져와야 할 이장님은
어디서 막걸리 친구를 하고 있는지
마을 사람 다 돌아와도 나타나지 않고

기다리다 돌아오던 길

멀미 나던 길

해 질 무렵 그 시간

아픈 자리

네 살배기 붕대 덩어리
엄마 등에 업혀가며 종긋 고개 내밀었다
엄마 힘들지?

어린 딸 다치게 한 죄로
등에는 아이보다 더 무거운 짐 얹혀있고

시오리 과수원 길 오가는 동안
아는 노래 죄다 부르고 잠들었던 아이는
자라서 노래하는 사람이 되었다

일본인 의사는 병원을 버리고 날아갔고
약방 돕던 사람이 의사 노릇 하느라
온갖 주사 놓은 아이 엉덩이는
고름으로 가득 찼지

잠들지 못한 엄마
나무뿌리 찧어 붙여 고름 빼낸 자리에

새살은 돋아났지만
궂은 날씨 먼저 알려주는 자리가 되었다

아픈 자리, 아팠던 자리
엄마 생각나는 자리

파도

방파제 귀퉁이에 앉아있던 검은 밤
끝없이 밀려오던 너는
함께 가자고 했었지

너를 사랑한 것은 아니었지만
버리고 싶은 것이 많아
네 손 잡고 싶었다

나는 아직 여기에 남아있으나
어느 그때에
너의 나라에 함께하리
가고 싶은 그곳에

하루

앞산 머리에 빛줄기 하얗게 드리우면
초록 나무 살아나고 분홍 산벚 피어나네

서쪽 하늘 붉게 펼쳐지고
반쯤 가린 해님 얼굴 산기슭에 걸리면

짝 잃은 구름이 겸연쩍게 드리우는 시각
깊은 한숨 자리로 하루가 내려오지

내 발의 등불을 따라서

한밤을 잠들지 못하고
나무들 찌걱대는 소리 세다가
희뿌연 달빛 의지하여
집을 나선다

발걸음에 놀라서 짖던 동네 강아지도
잠을 이기지 못하는지 조용한데
불어대는 샛바람에 뒤엉킨
색색의 물감 덩어리 마음이
또 한 번 요동친다

그냥은 맞이할 수 없는 하루
내 발의 등불을 따라
걷고 또 걷는 요즈음은 눈이 맑다
새벽에 흘린 눈물이
티끌을 깨끗이 씻어 주나 보다

해설

이정의 시 세계

소박한 질문,
울림이 있는 서정(抒情)

– 이정의 시 세계

김명호
(시인, 문화예술학 박사)

1.

연꽃 봉오리가 봄부터 부풀기 시작하더니 여름 어느 날, 마침내 터져 세상 수줍고 티 하나 없이 순수한 모습을 보는 듯하다. 첫 시집은 시작이기에 나름 지나온 자신과의 정리가 필요하고 때로는 화해가 필요하므로 자신만의 알을 깨고 활자의 마술 속에서 타자의 눈으로 보게 되는, 드디어 자신을 객관화하기에 이른다. 그 객관화 시간이 사람마다 천차만별이다. 인생의 산전수전을 겪은 순정한 언어의 설득력은 무게감이 확실히 다르다. 온몸으로 체득한 언어이기에 세월의 무게가 실려있고 언어

사용에 진솔함이 담겨있다. 다소 거칠고 우직한 순수한 덕목을 어디서 볼 수 있을 것인가. 『내 발의 등불을 따라서』는 건강한 별리의 모습과 새로운 시작됨으로 시인 스스로 시집을 엮는 마음을 밝힌다.

> 비로소 걸음을 멈추고
> 드리워진 긴 그림자를 본다
> 멈춤, 머묾, 그리고 천천히 다시 걷기
> 다만 이전의 걸음과는 사뭇 다른
>
> 쳇바퀴를 탄 듯 멈출 수 없던 삶이
> 다른 일상으로 바뀌는 요즈음
> 새로운 주파수를 찾아서
> 한 걸음 내딛는다
>
> ― 「시인의 말」 전문

총 64편의 시는 제1부 「주파수를 찾아서」, 제2부 「불씨를 살리며」, 제3부 「근원적 기쁨을 지키며」, 제4부 「다시 걷기」로 묶였는데 자연의 순환으로 한겨울이 지나고 봄이 오는 것처럼 자신 속 오랜 겨울을 견디고 봄을 맞이하는 강한 움직임이 감지된다. 이윽고 수줍은 듯 꽃을

피우고 자신과 세상, 그리고 찰나에 대한 물음을 던진다. 묘하게도 자신을 향한 물음이 독자로 하여금 멈추게 하고 뒤돌아보게 하고 생각하게 한다. 이러한 우직, 솔직, 담백한 직접화법이 독자들에게 반향으로의 울림을 주는 것이 이정 시인의 독특한 힘이라 할 수 있겠다.

2.

새로운 시작을 위해서는 지난날을 반추하여 맺힌 것을 풀어 정리하고 화해를 해야 한다. 그간의 희로애락을 놓아야 하고 아픈 것을 감추고 피할 것이 아니라 드러내 놓고 당당히 맞서야 한다. 그래야 자유로울 수 있다. 내 안으로부터 반성과 용서를 통해 떨치고 나서야 자유롭게 된다. 그런 연후에야 비로소 비상할 수 있다. 그러한 여정의 해빙 과정을 곳곳에서 볼 수 있다.

이정 시인의 가장 근원적인 화해는 어머니이다. 어머니와의 사이가 나쁜 것이 아니라 연민으로부터 자유이다. 연민이 깊을수록 이승과 저승에서의 구속이 된다. 보낼 사람은 보내야 한다.

노랑 주전자 물 반 채우고
고구마 주머니 흔들며 엄마 따라나선 날
산등성이 콩밭이랑 이리저리 넘나드는 사이
해는 이미 중천에 걸려 밭둑에 앉았다

고구마 하나 다 먹기 전 급히 밀려오는 먹구름
어두워진 산길에 사정없이 후려치는 빗줄기
구르듯 내리 달려 숨 가쁘게 들어선 집 마당엔
옹기종기 모여 있는 비 맞은 병아리들
치마폭에 소쿠리에 담아 토방에 옮기고
장작불 지펴 손으로 젖은 털 말리시던 엄마

마지막 남은 과수원 팔아 방랑길 떠난 아버지와
함께 돌아온 병아리들은
그날 이후
가랑잎처럼 스러졌다

새파래진 하늘을 멍하니 쳐다보던 아버지
연기 뒤에 숨겨진 엄마의 눈물 소리는
오늘도 철철
귀에 들린다

- 「눈물 소리」 전문

장작불 연기 사이로 들리는 어머니의 '눈물 소리'는 가슴에 화인이 되어 저미게 한다. 꼭꼭 감추어 평생을 두고 가슴앓이가 되었다. 이어 「아픈 자리」에서는 어머니의 미어지는 아픔이 그대로 동일시되어 상처 자국을 볼 때마다 나보다도 더 아파했을 어머니를 생각한다. 「태풍 사라」, 「싸락눈 날리던 언덕」, 「분홍 꽃 핀 나무」에서 어머니에 대한 연민과 그리움이 다양하게 변주되어 떠나지를 못한다. 이제 그 질긴 고황을 드러내놓음으로써 낯선 타인에게도 털어놓을 만큼 묵히고 삭혀 발효가 되어 소중한 나만의 보물을 남들과 공유하게 되는 순간이다. 기성세대의 비슷한 어머니들의 애환을 전형화하는 서사적 힘을 보여준다. 담담하게 아픈 곳을 드러냄으로써 자유를 획득하게 되는데 그러한 조짐은 이미 살아생전에 연민에 대한 숙성의 흔적도 보여준다. 딸이 아닌 어머니의 보호자가 되어 「두 어머니」, 「마당이 좋아」, 「먼 길」에서는 연민에 빠지지 않고 한발 물러서서 제삼자적 입장에서 덤덤하게 바라본다. "한 번도 뵙지 못한 / 꽃 속에서 웃고 계시던 어머니 / 고단한 삶을 이기지 못하고 / 스스로 가신 그곳에서 / 영원히 행복하시기를 / 기도드립니다(「두 어머니」)", "그 길 가면 만날 수 있으리라 / 오늘도 함박미소 엄마 얼굴 떠올린다(「먼 길」)" 진실과 사랑에 대해 우직하고 순박한 울림이 크다.

3.

시인의 일련의 독특한 관심이 눈에 띈다. 미묘한 또는 소위 딜레마 같은 상황에 대한 자신에게의 물음은, 독자에게 멈추고 생각하게 하는 깊은 사려를 요구한다.

빛살 하나 드나들 만한 실금으로 시작하지
더 이상 벌어지지 않게 하는 데는
여러 가지 재료와 방법이 필요해

미처 막지 않으면 점점 커지는 건 알지만
그냥 두기도 해
무슨 일이 생길지 모르니까

가끔은 틈새에서 피어오르지
틈을 넓히는 것이 취미인 소문이라는 것
무작정 넓어지게 만들고선 발을 빼버려
그래도 살아서 움직일 테니

틈이 꼭 나쁜 것만은 아니야
좋은 것들이 드나들 수도 있어
이를테면 산소나 정나미 같은 것 말이지

그럴 때 틈은 공간이 아니라 분위기야
각자의 태도를 간직한 표정이지

틈은 소통이지만 간극이기도 하기에
내키지 않음에 내어 주는 것 또한
어려운 일이야

확실한 건
틈은
언제나
어디에나
생기고 있다는 거지

- 「틈」 전문

틈에 대한 양면의 감정을 재미있게 표현하였다.

사물과 사람에게 틈은 불안한 것이다. 와해의 조짐이며 갈등의 징조이기 때문이다. 그러한 위험한 상태의 틈을 통하여 다양한 사유를 전개한다. 틈은 인간관계의 차원으로 확장하여 틈으로 인해 뭔가 일어날 듯한 긴장감을 주지만, 걱정하기는커녕 오히려 소통의 창구로서 변증의 반전이 기대되며, 시 전편에 긴장감과 재미를 준다. 시인의 이러한 독특한 관점은 여러 대상에서 본래 낙천적인 심성의 변주로 나타난다. 「벽」, 「분리」, 「짝」, 「귀퉁이」, 「모자」 등은 변증법적인 부정−긍정의 일련의 연작(시리즈) 같은 작품으로 다가온다.

"수많은 추억과 시간을 공유하는 사이 / 스며든 틈새 / 그리고 분리 / 인고의 시간을 보내야 하는 그 과정들 / 아픔의 덩어리로 돌아오는 병마 / 홀로서기의 시도 /사랑을 찾기 위한 떠남 / 새로운 인연을 만나 치유를 얻지만 / 때로는 삶을 잃어버리기도 하지(「분리」)"에는 아픔이 어려있다. 분리가 새로운 시작이 분명하지만 또한 잃는 것도 있을 것이기에 마치 드라마를 보듯이 공감을 자아낸다. 치열한 사유를 통한 말의 무게 때문이리라.

사회는 상대를 인정하여 결국 공생의 길을 도모해야 한다. 그러한 공생을 단적으로 「나사」에서 탁월하게 형상화하였다.

제 몫을 해내려면
짝이 있어야 해
날카로운 끌로
서로의 몸에 주름이 새겨져야
임무수행을 할 수 있어

아픔을 거쳐야
더욱 단단해질 수 있거든

- 「나사」 전문

　　이어 시인은 또한 찰나적인 짧은 순간을 놓치지 않고
진지하게 삶의 의미를 찾는다. 일련의 작품에서 독특한
상황에 대한 천착을 보여주고 있다.

여러 가지로 뭉쳐 부유하는 상념들 비워보려
마당에 앉았더니
하얀 보푸라기들이 날아다닌다

벌레인지 풀씨인지 모를 반짝이들이
눈부신 허공을 가득 채우고
내 앞으로 쏟아져 오네

너희들은 뭐냐
어디서 왔니

그렇게 날아다니다가
외로운 마음에 들어가

분탕질은 치지 말거라
엉뚱한 짓일랑 벌이지 말거라

예쁜 마음 필요한 곳에
내려앉아 위로를 주렴
혼자서 일어날 수 없는 마음이 있거든
다시 일어날 수 있게

— 「보푸라기들」 전문

솜이나 헝겊 또는 종이에서 일어나는 먼지 같은 보푸라기를 보고 시인은 묻는다.

바람에 쉽게 흔들리는 벌레인지 풀씨인지 모를 반짝이들을 단순한 부스러기가 아닌 최상급으로 격상하고 생명으로 치환하여 외로운 마음을 흔들지 말라고 한다, 분탕질하지 말라고 한다. 예쁜 마음이 필요한 곳에 다시 일어날 수 있게 힘을 주라고 한다. 시인은 모든 사물에 대하여 생명을 주고 대화를 시도한다. 아니 그들이 시인에게 말을 걸어오는 것이다. 그러한 귀를 가지고 그러한 소리를 헤아린다.

"쓸고 쓸어도 닦고 닦아도 / 또다시 내려앉아 / 바람이라도 불라치면 왔던 데로 돌아갈까 / 내가 떠나면 함께 떠날까 / 먼지로 만들어진 나(「먼지」)"에서는 급기야 내가 먼지가 되어 삶의 의미를 되새겨 본다. 결국, 나는 먼지에 닿게 되는 사유에 이른다. 불가에서 말하는 견성의 경지에 이른 것이다. 먼지이기에 더 뜨겁게 치열하게 살아야 한다. 간결하고 우직하게 물 흐르듯이 자연스럽게 소통함으로써 시인의 따뜻한 감성이 은연중에 나타난다. 「그때」, 「파도」도 감성의 연장선을 놓치지 않고 있다.

사노라면 문득
가슴에 이는 소용돌이를 만날 때가 있다

보라색 작은 꽃망울 앞에 섰을 때
영문도 모르는 채 울컥하여 눈시울이 젖는다
보첼리의 진주조개잡이를 들을 때
바그너의 탄호이저 서곡과
베토벤의 그 위대한 음악들 앞에서
아이의 까르르 웃음소리 앞에서
소용돌이는 일어난다

엔돌핀과 다이돌핀이 넘쳐날 그때
천사들을 만나

순간을 떠다닌다

영원이었으면 좋겠다

– 「그때」 전문

4.

시인은 시대의 아픔에 공감하며 애달파한다.

산수유, 생강나무, 개나리 피어오르면
팽목의 노랑나비 함께 춤춘다
엄마, 아가야!
파도가 실어 나르는 그리운 목소리들

잠겨가던 얼굴들과 손, 손들
함께 가지 못한 스승은 뭍에서 따라가고
기둥 움켜잡고 놓지 않는 소녀에게
엄마한테 가야지 잠수사가 속삭인다

파도 소리에 엉켜지는 멍울들
4월이 여덟 번 돌아와도 아무것도 하지 못하고

미안해, 기억할게, 잊지 않을게
힘없는 말만 되뇌는 우리들 마음 소리

- 「노란 사월」 전문

세월호 비극이 8년이나 지났건만 아무것도 하지 못한 미안함에 4월은 아픈 달이 되었다. 돌려서 말을 할 수 없다. 더욱 직접적이고 분명하게 반성해야 한다. 기성세대로서 홀로 십자가를 지듯 힘이 없는 자신을 질책한다. 그저 "미안해.", "기억할게.", "잊지 않을게."라고 되뇔 뿐이다. 우리에게 사월은 참회의 시간이다. 이어 세월호 이외의 우리 민족의 아픔을 담담히 애달파한다. 「계절의 상흔(傷痕)」에서 아픈 것은 사월만이 아니다. 광주의 5월도 그렇고 6·25 비극도 그렇다. 빛나는 여름에 새로운 아픔이 시작되어 가을과 겨울에 그 생채기로 연이어 간다. 아픔을 고스란히 부대끼며 해마다 또 어찌 맞을 것인가에 안타까워하지만 그래도 의연히 맞서 살아갈 것을 다짐한다. 「까만 집」, 「질경이」에서 아픈 역사의 편린을 떠올리며 애달파한다. 시인은 철없던 유년의 기억에서 위안부 '아주메'의 집단 낙인의 흔적을 상기하며 연민의 정을 반어법으로 되새김질한다. "오늘 문득

/ 하얀 저고리 하얀 얼굴로 / 하얀 아들 안고 있는 아주메를 본다 / 기억 속에 남아있는 애련한 그림 한 조각(「까만 집」)" 민족상잔의 새터민에게도 연민을 보낸다. 마치 질경이 같은 생명력으로 제3국을 걸쳐 귀순까지의 험난한 과정에도 정작 철없는 딸의 투정에 안타까운 마음을 진솔하게 알려준다. "그래도 갈 수 있게 되면 맨 먼저 갈 거라는 / 질긴 생명 질경이 풀 / 내 이웃 이야기(「질경이」)"에서 시인은 현대 역사의 아픔을 환기시키고 따뜻한 시선을 보낸다.

코로나로 인한 사회적 변화에 대한 안타까움을 우회적으로 풍자하고 있다 "아기들의 말 트임이 느리다 / 모두 입을 가려서 / 말 배움이 늦다고 한다 / 허공에 떠도는 말들이 그렇게 싫었나 / 바이러스들이 막아버렸다(「반반ヰヰ한 얼굴들」)" 마스크로 가린 얼굴에서 말의 전달에 대한 현상을 반어적으로 꼬집는다. 무책임한 말의 풍성에 대한 자연의 경고로 비꼬다가 바로 코로나로 인한 불통이 심화되는 것을 경계한다. 이어 「날려 보내면」에서 사회의 고착화된 오래 묵은 폐습에 대한 일소를 희망하고 있다. "지하수 관에 들러붙은 청태 진드기 / 거품 세제와 수세미로 닦아볼까 / 햇살에 널면 바짝 마를까 / 압력 센 송풍기로 날려 보내면 / 티끌이 되어 우주로 흩어질까(「날려 보내면」)" 시인의 특장점인 온유한

것 같지만 노골적이며 강력한 화법이다.

5.

다양한 자의식의 변주를 들어보자.

이 마을에 있는 집들은
기도하고 노래하는 집
기쁨과 슬픔을
의심과 분노를
온갖 잡다함을 모아두는 집들이 있지요

그중 몇 채는 열어보지도 않고
몇 채는 없애야 한다고 벼르고 있지만
내용물 처리가 늦어져
어쩌지 못하고 있는 중

설계 중인 집은
봉사의 집이며
꼭 살고 싶은 집은

감동과 평화의 집

천국의 집을 짓고 싶지만
지었다가 허물기 일쑤
가장 귀한 집은
평생 지어야 할 듯합니다

– 「내 안의 마을」 전문

매사에 진지하고 생각이 깊은 품성이 가감 없이 소박
하게 드러나는 순간이다. 자신에 대한 내적 투영이 깊어
철학자 같은 면모이다. 담백하게 마음의 내적 모순을 드
러내면서 봉사의 집을 준비하지만 솔직한 마음은 '감동
과 평화의 집'에 꼭 살고 싶다고 한다. 그러면서 그러한
집은 쉽게 이루어질 수 있는 것이 아닌 지난한 것이기에
평생을 두고 덕업을 쌓아야 지을 수 있다는 것을 각오하
고 있다.

「독백」, 「말」, 「별이 가깝다기에」, 「어둠의 한 켠」, 「하
나」, 「맴돌다」, 「마음 길」, 「내 삶의 여백」, 「초록들」, 「나
비가 사는 곳」에서 사회와 인간관계, 자연과 나와의 관
계에 대한 시인의 다양한 자아를 우화(羽化)의 변주로 보

여주어 세상과 자신을 바라보는 시인의 내적인 사유의 자취를 조감할 수 있다. 이어 보다 적극적으로 "단 어느 마을에서든 / 약속을 저버리는 자들은 우주로 추방되어 / 영원히 혼자 살아야 한다 / 이 별에서 살게 된다면 / 나는?(「소행성」)"에서도 현재 상황에 대한 자신에게 엄격한 윤리적인 자의식의 탐구를 펼친다. "여명이 다가오면 / 세상은 모습을 드러내지만 / 볼 수 없는 것들이 더 많이 존재함 / 마음의 빛으로만 볼 수 있는 것 / 진부한 그 단어들이 / 어둠 속에서 마주 오는 / 텅 빈 삶을 / 응시한다(「마음을 열어」)", "터전을 함부로 쓴 대가를 치르고 있는 / 우리들과 흡사하지만 / 떠날 곳이 없는 우리는 어찌하랴(「새들의 집」)", 「숲길」 등에서 시인은 자아와 거리를 두며 객관화한다. 제삼자적 입장으로 돌아가 불합리의 환경에서 과연 자신은 어떻게 해야 하는가에 대한 물음을 자문자답하는 등 삶에 대해 진지하고 치열한 사유가 깊다. 이렇게 시인은 자신과 수많은 대화를 통해 순간순간을 되뇌면서 삶의 좌표를 향한 모색의 시가 된다. 자신에 대한 물음이 곧 독자로 하여금 멈추게 하고 뒤돌아보게 하고 생각하게 한다. 이러한 솔직 담백한 직접화법이 독자들에게 반향으로의 울림을 준다. 시인의 독특한 '안으로 물음 화법'은 탁월한 힘이 아닐 수 없다.

6.

촉촉한 생기로 하늘 향했던 몸 위에

순간의 칼바람이 눈꽃을 피웠네

설국의 군대인가

백조의 군무인가

바람의 길 따라 날개가 퍼덕였다

빛남과 어두움 사이엔

어떤 잎이 피어나고

열매가 맺힐까

– 「상고대」 전문

　빛남과 어둠 사이는 평화일까 전쟁일까 안식일까 갈
등일까 서리 이전의 촉촉함이 칼날 같은 결정으로 변화
되는 것은 시인에게 바로 사람 '사이'로 치환되어 물음을
던진다. 결국, 나와 당신 사이는 어떻게 변할 것인가? 하
고 상황에 따른 사람들의 변심을 익히 아는 까닭이다.
세상은 상대적이며 일방적일 수가 없음을 알기에 늘 자
신에게 물음을 던진다. 과연 나는 타인과 어느 정도 다
를 것인가? 즉 공생해야 한다를 이끌어내고 있다. 평소
인간관계에 대한 깊은 사유에 인함일 것이다.

만발한 사과꽃 나무에
모여든 친구들
꽁지 위로 들고
꽃술에 머리 박고
열심히 꽃가루 먹는다

꽃들은 그래도 좋다고
한들한들
빈 꽃으로 떨어지지 않고
봉긋
새살이 오를 테니
이 정도야 즐거움이지

　　　　　　　　　－「알프스 오토메 사과」 전문

　인내에 익숙한 시인을 볼 수 있다. 매사에 희생 없는
결과가 없다는 것을 여러 시에서 암시한다. 지나온 삶의
궤적이리라.
　「칠자화」, 「세 번째 시작」, 「겨울 이야기」에서 떠밀려오
는 현실에의 대응을 나지막하지만 힘 있게 드러내고 있
다. 어떠한 환경에서도 희망을 곁에 두는 긍정적이고 따
뜻한 마음을 느낄 수 있다.

섬세하지 않고 세상살이에 치열하지 않고는 지나치기
쉬운 대목이다.

7.

이정 시인의 이번 시집은 특유의 '자신에 대한 물음
화법'으로 독자로 하여금 멈추게 하고 생각게 하는 힘을
가하고 있다. 솔직한 직접화법으로 본질에 바로 다가서
고 꼼짝없이 물음에 답하게 한다.

한밤을 잠들지 못하고
나무들 찌걱대는 소리 세다가
희뿌연 달빛 의지하여
집을 나선다

발걸음에 놀라서 짖던 동네 강아지도
잠을 이기지 못하는지 조용한데
불어대는 샛바람에 뒤엉킨
색색의 물감 덩어리 마음이
또 한 번 요동친다

그냥은 맞이할 수 없는 하루
내 발의 등불을 따라
걷고 또 걷는 요즈음은 눈이 맑다
새벽에 흘린 눈물이
티끌을 깨끗이 씻어 주나 보다

－「내 발의 등불을 따라서」 전문

시집의 제목이기도 한 「내 발의 등불을 따라서」는 성
경의 시편 119편 105절에 있다. "주의 말씀은 내 발에
등이요, 내 길에 빛이니이다." 시인은 신앙인으로서 삶의
주파수를 성경에 맞추고 충실히 살아가고자 다짐하며
기도와 감사를 표현한다. 신에 대한 다짐 못지않게 가족
에 대한 사랑도 넘친다.

초등학교 일학년 소풍 가던 날
뚜껑 가방 등에 메고
탈랑탈랑 걸어가던 날
둘째 오래비
내 입에 넣어 준 사탕 한 알
오랜 세월 지난 지금도

입안에서 굴러다닌다

– 「알사탕」 전문

　　직접적이고 심플해서 울림이 크다. 누구에게나 있을
법한 형제애가 명료하게 다가온다. 잊지 않은 동생의 마
음이 사랑스럽다.

　　미소를 자아내고 문득 자신의 유년 기억을 회상케 한
다. 신이나 가족에 대한 충실함은 사랑이다. "엄마 반,
아빠 반 닮은 생명이 태어나요 / 희한하고 신기하지만 /
아무도 이상하다고 하지 않아요(「생명」)" 사람들은 너무
도 당연하여서 경이롭게 보지 못할 수도 있지만 시인에
게는 순수하고 맑기에 희한하고 신기하게 다가온다. 갖
은 무장으로서는 이런 경지에 이르지 못한다. 몇몇 시들
은 한 편의 수필처럼 따스하여 시인은 수필로서도 많은
희망을 볼 수 있을 것이다.

8.

　　이정 시인은 독자로 하여금 멈추게 하고 생각하게 하

고 답변하게 한다. 나는 그것을 '안으로 물음 화법'으로 명명하고 직접적인 울림을 주는 화법의 특장점이라고 생각한다. 일상사 하나도 허투루 지나치지 않는다. 먼지마저도 사유의 대상으로 변증의 치밀한 성찰의 여정을 보여준다. 결국은 공생이란 사유의 과정으로 모인다. 이것을 이해하고 느끼려면 독자 또한 깊은 사유의 경험을 요구한다. 이러한 사유의 자취는 바로 독자에게 전이되고 감염되어 지나온 시간을 되새겨 보게 하고 일련의 삶에 대한 복기의 궤적을 통하여 어떠한 환경에서도 긍정과 희망을 품게 하는 힘을 준다. 얼음을 녹이는 봄볕 같은 따뜻한 기운 속으로 빠져들게 한다. 이러한 특장점을 더욱 살려 이후로 더욱 울림이 큰 작품을 많이 남기기를 기대한다.

내 발의 등불을 따라서

펴 낸 날 2022년 10월 14일

지 은 이   이정
펴 낸 이   이기성
편집팀장   이윤숙
기획편집   윤가영, 이지희, 서해주
표지디자인 이윤숙
책임마케팅 강보현, 김성욱
펴 낸 곳   도서출판 생각나눔
출판등록   제 2018-000288호
주　　소   서울 마포구 잔다리로7안길 22, 태성빌딩 3층
전　　화   02-325-5100
팩　　스   02-325-5101
홈페이지   www.생각나눔.kr
이 메 일   bookmain@think-book.com

• 책값은 표지 뒷면에 표기되어 있습니다.
  ISBN 979-11-7048-453-0 (03810)

원주문화재단 이 시집은 2022년 원주문화재단의 문화예술지원사업으로 발간되었습니다.